지구 최후의 왕자님

The Last Prince of the Earth

정다은 지음

지구 최후의 왕자님

The Last Prince of the Earth

정다은 지음

01

매스컴에서는 올여름이야말로 대한민국의 운명을 바꿀 기후 참사가 일어날 것이라고 떠들어댔다. 지구의 평균 기온은 산업화 이전 대비 3.1℃ 상승했다. 작년에는 강원도 홍천군의 기온이 46.7℃로 측정되며 대한민국 기상 관측 이래 최고 기온을 또 한 번 갱신했다. 북태평양의 온도 상승은 초여름부터 늦가을까지 내내 강력한 태풍을 생성해 한반도에 전례 없는 인적, 물적 손해를 끼쳤다.

누군가는 살기 위해 진지하게 머리를 굴렸고, 누군가는 지구가 진짜 망하기라도 하겠냐는 막연한 희망을 품었다. 누군가는 이제 죽는 일만 남았다는 비관에 사로잡혀 방종한 삶을 살았다. 사람들의 결단이 필요한 시기였다.

나는 용산발 목포행 KTX 안에서 '지구의 남

은 수명', '지금 세상에서 제일 안전한 나라', '(AI 에 따르면 기후 재앙으로부터 가장 안전한 나라인) 노 르웨이로 이민 가는 법' 등을 검색했다. 하지만 졸 업이 1년 좀 안 되게 남은 대학생 나부랭이가 당장 실천할 수 있는 것이라곤 '일단 졸업이나 하기', '자연재해로부터 내 몸 하나 건사하기', '폭염과 태풍 관련주를 체크하고 여태 허튼 과외로 번 푼 돈으로 단타라도 쳐서 남은 삶을 조금이나마 풍족 하게 살기' 따위였다. 이렇듯 권력도, 재력도, 능 력도 없는 내가 감히 생명 연장의 꿈을 꾼다는 게 허튼짓으로 느껴져서 검색을 그만두었다.

대신 종말이 가까워졌을 때 하고 싶은 것이 있 는지 생각해 보았다. 나는 대체로 안온하고 평안 한 일상을 추구하는, 내가 생각해도 시시한 사람 이었다. 내가 상상한 미래는 '우수한 성적으로 졸 업해서 모두가 선망하는 직장에 입사하기', '첫 월

급으로 부모님 용돈 두둑하게 드리기', '퇴근 후에 번듯한 나만의 집에서 맥주 한 캔 하면서 영화 보기' 정도였다. 나는 지구가 망한다고 해서 갑자기 신도림역 안에서 스트립쇼를 하거나 백화점 명품 관을 털 만한 위인은 못 되었고, 그러고 싶지도 않았다. 할아버지의 장례식으로 향하는 고작 몇 시간 동안 나는 살기 위해 머리를 굴렸다가, 비관에 빠졌다가, 종국에는 손가락 사이로 빠져나가는 모래알 같은 믿음을 애써 움켜쥐고 그냥 살던 대로 열심히 살기로 마음먹었다.

폐렴으로 오늘내일하시던 할아버지께서 살아 계셨다면 딱 한 달 후에 백수(白壽)를 맞이하셨을 테다. 아버지는 3남 5녀 중 막내라 장례식장에서 내가 할 일은 많지 않았다. 나는 눈물도, 한숨도 없는 장례식장에서 멍하니 앉아 있다가 어른들이 부르면 술 시중이나 들었다. 여태 정정하게 잘 사

시다가 자식들 고생도 안 시키고 가셨다.

"세상이 이 난린디 더 험한 꼴 보기 전에 가신 게 어디냐잉. 그나저나 승주네는 인자 곧 올라가 는디 느그들은 계속 여그 있을 거냐. 작년보다 큰 물난리 오면 우리 다 죽을 거여."

"다른 데도 똑같죠, 뭐."

"똑같지는 않어야. 목포는 우리나라에서 손꼽 히는 저지대잉께. 암만 그래도 서울이 낫지 않겄 냐. 한강 물 좀만 넘쳐도 전 국민이 다 알고, 그라 제, 승주야. 우리 집안의 자랑! 그라고 고생깨나 해서 전국에서 제일가는 대학 갔는디 아까워서 우 짜쓰까?"

나는 "어쩌긴 뭘 어째요."라고 대답하는 대신

그냥 머쓱하게 웃었다.

월요일에 수업이 있어 일요일에 화장장까지 따라갔다가 바로 서울로 돌아갈 계획이었지만, 장례 동안 충청도를 강타한 폭우로 KTX 익산-오송 구간의 운행이 마비되었다. 하는 수 없이 본가에서 자고 다음 날 아침에 고속버스를 타기로 했다. 덕분에 어렸을 때부터 살던 집에 마지막 인사를 다시 한 번 하게 되었다. 지난번에 내려왔을 때 짐을 모두 정리해 둔 내 방이 썰렁하고 낯설었다.

지구 최후의 왕자님

02

월요일 아침, 부모님은 할아버지의 유해를 안치하러 추모 공원으로 가는 길에 나를 버스 터미널로 데려다주었다.

"승주야, 우리 이사 다음 주 목요일인 거 알지? 주말에 네 짐도 정리할 겸 구경하러 와. 아이고, 네 할아버지도 우리 이사 가는 김에 그쪽으로 모시는 거 어떻겠냐고 하니까 형님이 펄펄 날뛰어서…"

나는 서울로 올라가는 버스 안에서 작년의 태풍으로 줄이 끊어지고 엉킨 채 방치된 목포 해상 케이블카를 떠올렸다.

내가 놓친 월요일 수업은 전공과 교양 하나씩이었고, 다행히 친구 하나가 전공 수업의 조교였다. 문제는 아는 사람 없이 나 혼자 듣는 교양 수업이었다는 것이다. 지속가능성을 논할 시기를 넘어선 지 오래인 지구에서 폐강하지도 않고 꿋꿋이 남아 있는 〈지속가능성의 이해〉는 '숨만 쉬어도 좋은 성적을 받을 수 있다.'라는 입소문을 타면서 나름 인기였다. 앉아서 숨만 쉬면 되니 당연히 대부분의 학생은 수업을 듣지 않고 가만히 자리만 차지하고 있었다.

나를 비롯해 침몰하는 지구에서도 A+를 원하는 소수의 욕심 많은 자들만 맨 앞자리에 앉아, 지금까지도 지속가능성을 꿈꾸는 불쌍한 교수의 열강에 집중할 뿐이었다. 집중한다는 게 공감한다는 뜻은 아니었다. 적어도 나는 공감하지 못했다. 마치 지정석인 것처럼 나는 맨 앞자리 가운데에 앉았고, 내 오른편에는 필기에 열중하는 두꺼운 뿔테 안경을 쓴 학생이 앉았다. 나는 뿔테 안경 학생에게 월요일 수업 때 놓친 게 있는지 묻기로 했다.

조교 친구에게 월요일 전공 수업 내용을 묻느라 교양 수업에 조금 늦었다. 조심스럽게 강의실 뒷문을 열고 늘 앉던 자리 쪽을 본 순간 나는 적잖이 당황했다. 뿔테 안경 학생이 있어야 할 자리에 금발 머리를 예쁘게 세팅한 사람이 앉아 있었다. 나는 잰걸음으로 강의실 계단을 내려가 내 자리에 앉아 수업 준비를 하면서 금발 학생을 훔쳐보았다. 금발 학생이 곧 뿔테 안경 학생이라는 걸 깨닫는 데는 시간이 좀 걸렸다. 내가 기억하기로 뿔테 안경 학생은 늘 꾸미지 않은 모습으로 수업에 왔다.

'정말 그랬었나?'

사실 그 기억조차 확실치 않을 정도로 뿔테 안경 말고는 모든 인상이 흐릿했다. 그런데 그날은 두세 번은 탈색을 감행한 듯한 밝은 금발을 하고,

컬러 렌즈를 끼고, 진분홍색으로 물들인 입술을 앙다문 채 수업에 집중하고 있었다.

부지런히 필기하는 그 학생의 손으로 눈이 갔다. 예쁘다고 할 수는 없는 땅딸막한 손톱에는 네일아트가 조잡하게 그려져 있었다. 나는 자꾸만 옆으로 향하는 무례한 시선을 거두고 수업에 집중하려 노력해야 했다.

"저기요."

수업이 끝난 후 금발 학생에게 말을 걸었다. 금발 학생은 들은 체도 하지 않고 태블릿 PC에 뭔가를 계속 쓰기만 했다. 내 말을 듣지 못한 것 같아 재차 불렀다.

"저기, 죄송한데요."

"'저기'가 아니라 '왕자님'이라고 불러 주시겠어요?"

금발 학생이 필기를 마무리했는지 태블릿 PC의 커버를 덮으며 나를 쳐다봤다. 진지한 표정에 웃기려는 의도라곤 전혀 없는 듯했다. 얼굴을 정면으로 보니, 속눈썹을 한껏 말아 올리고 피부의 음영까지 표현한 메이크업이 꽤 본격적이었다. 나는 생전 처음 들어 보는 요청에 적잖이 당황했지만, 예의 없는 사람으로 보이고 싶지는 않았기 때문에 티 내지 않으려 애썼다.

"왕자님, 제가 월요일 수업을 빠져서 그러는데요. 그날 중요한 내용이 있었을까요?"

"특별한 공지 사항은 없었습니다만, 메일을 알려 주시면 수업 필기를 보내 드리지요."

예상치 못한 호의였다. 왕자님은 원하는 호칭으로 불러 주자, 흡족해하는 듯했다. 내 메일 주소를 받은 왕자님은 깍듯이 인사를 하고 먼저 자리를 떴다. 자취방으로 돌아가는 길에 메일 한 통이 도착했다. 제목은 간단하게 〈지속가능성의 이해〉였고, PDF 첨부 파일 외의 내용은 없었다. 발신인의 메일 주소의 아이디에는 '왕자님' 본인의 이름으로 추정되는 'LeeJungWon'이란 이름이 있었다. 자칭 왕자님의 이름치고는 참 심심하다고 생각했다. 자취방에 도착해서 파일을 열어 보니 단정하고 세세한 필기가 퍽 인상적이었다.

나는 뿔테 안경의 모범생 이정원이 어쩌다 금발의 풀 메이크업 왕자님이 되기로 한 건지 궁금했다. 그 주 내내 공부를 하다가도, 졸업 논문을 쓰다가도 그가 변신을 결심하게 된 온갖 시나리오가 불쑥 떠올라 집중하기가 어려웠다. 다음주 월요일에 〈지속가능성의 이해〉 강의가 끝난 후, 나는 공손하게 고개를 숙이며 왕자님에게 말을 걸었다.

"왕자님, 안녕하세요."

"안녕하세요."

"소개가 늦었습니다. 저는 윤승주입니다. 실례지만, 혹시 수업 후에 일정이 있으신가요?"

"없습니다."

"저번에 베풀어 주신 친절에 보답하고 싶은데, 혹시 커피 한 잔 가능하실까요?"

"네. 그러죠."

내 제안에 왕자님은 순순히 응했다. 우리는 학교 카페로 향했다. 감사를 표하겠다는 핑계로 왕자님을 불러내기는 했지만, 구체적으로 어떻게 해야 왕자님에 대해 더 알아낼 수 있을지는 생각해 보지 않아서 잠시 어색하게 앉아만 있었다. 왕자님은 내가 먼저 말하기를 기다리는 듯 나를 쳐다보고 있었다. 결국 침묵을 견디지 못한 내가 입을 열었다.

　　"이런 질문을 해도 될지 모르겠지만, 꼭 알아야 할 것 같아서요. 모르고 죽으면 너무 억울할 것 같아요."

　　왜 대뜸 죽는다는 말이 튀어나왔는지는 모르겠다. 왕자님은 대수롭지 않게 받아쳤다.

　　"하긴, 얼마 남지 않은 것 같죠. 죽는 거요."

지구 최후의 왕자님

"그렇죠. 어쨌든 제가 궁금했던 건, 왕자님은 제가 수업을 빠지기 전에도 왕자님이셨나요?"

"네."

잠깐 정적이 흘렀다. 왕자님의 대답이 너무 간결해서 힘이 빠졌다.

"그러면 예전에도 제가 말을 걸었다면 왕자님이라고 불러 달라고 하셨을 건가요?"

"아뇨."

"지구의 수명이 얼마 남지 않았다는 생각에 왕자님이라는 정체를 드러내기로 결심하신 건가요?"

"인류와 문명의 수명이죠. 지구의 수명이 아닙

니다."

"어쨌든요."

"둘 사이에는 큰 차이가 있지요."

왕자님이 더 말하려는 차에 마침 진동벨이 울렸다. 내가 자리에서 일어나 요거트와 커피를 가지고 돌아왔다. 왕자님은 요거트를 감싸 쥐며 "잘 먹겠습니다."라고 말했다.

왕자님의 작은 손톱을 유심히 보았다. 동물의 얼굴이나 꽃과 같은 그림이 조악하게 그려져 있었다. 샵에서 돈을 내고 받은 네일아트라기엔 민망한 수준이라 자기가 직접 그렸다고 생각할 수밖에 없었다. 손톱의 그림과 탈색한 머리를 보니 번뜩 〈어린 왕자〉가 떠올랐다.

"왕자님은 혹시 〈어린 왕자〉의 왕자님인가요?"

"한국어에서 왕자는 왕의 아들을 뜻하지만, 프랑스어에서 '프랭스(prince)'라고 하면 군주를 뜻하기도 하지요. 어린 왕자는 '소행성 B612의 주인'이라는 의미에서의 '프랭스'라고 보는 게 맞고요."

"왕자님은 〈어린 왕자〉의 왕자님이 맞다는 말이네요."

"저는 그렇게 말한 적이 없는데요."

왕자님은 새침하게 대꾸하고는 요거트를 빨아들였다. 방금 전의 대화를 곰곰이 반추해 보니 왕자님의 말이 맞았다. 소통이 잘 안 돼서 괜히 수틀린 나는 더이상 왕자님이 '왜, 언제부터, 어떤 종

류의 왕자님인지' 같은 뜬구름 잡는 얘기는 하고
싶지 않아졌다.

이후로는 무슨 과인지, 몇 학년인지 등의 일상
적인 얘기나 나눴다. 왕자님은 자유전공학부였고,
아직 전공 선택은 하지 않았으며, 나보다 두 살이
어렸다. 두 살 어린 후배에게 깍듯이 존대한 것이
괜히 민망해서 말을 놓아도 되겠냐고 조심스럽게
물었다. 왕자님은 의외로 흔쾌히 응했다.

"어떤 식으로 말씀하셔도 상관없어요. '왕자님'
이라고만 불러 주세요."

03

수요일의 〈지속가능성의 이해〉 강의가 끝난 후에도 왕자님에게 말을 걸었다. 왕자님은 도서관에 갈 생각인데 같이 가겠냐고 물었다. 왕자님은 내가 자기에게 계속 관심을 가지는 것을 은근히 즐기는 듯했다.

"시험 공부 하러 가?"

"아뇨. 책을 보러 가지요."

도서관의 존재 의의를 생각하면 맞는 말이었다. 다만 내가 도서관에 가는 것은 시험 공부를 하러 갈 때뿐이라 책을 보러 간다는 말이 생경했다. 나는 왕자님이 책을 볼 동안 논문 준비나 할 요량으로 따라갔다. 왕자님이 어떤 책을 읽을지 궁금하기도 했다.

시험 기간이 다가왔는데도 중앙도서관에는 사람이 없다시피 했다. 왕자님과 내가 자료실을 돌아다니며 자유롭게 얘기해도 눈치 볼 필요가 없을 정도였다. 왕자님은 서가를 꼼꼼히 살피며 온갖 종류의 책을 꺼내 들었다.

"왕자님은 어떤 책을 좋아해?"

"요즘에는 그냥 다양하게 읽어요. 소설도 읽고 시도 읽고, 교양서도 보고요. 아직은 제가 뭘 좋아하는지 명확하지 않은 것 같거든요. 선배는요?"

"전공 서적 말고는 잘 안 보는 것 같은데."

"보통은 그것만 해도 버겁죠."

책을 한가득 안은 왕자님과 옥상 정원의 테이

블에 앉았다. 왕자님은 미야자와 겐지의 《은하철도의 밤》을 펼쳤고, 나는 노트북을 켰다. 한참 논문을 손보다가 집중력에 한계가 왔다. 왕자님은 컬러 렌즈를 끼고도 눈이 피곤하지도 않은지 독서에 몰두하고 있었다.

문득 〈은하철도의 밤〉의 줄거리를 검색해 보았다. 얼핏 보았을 때, 우주를 헤매다 결국은 죽음으로 향하는 판타지적 여정이라는 점이 〈어린 왕자〉와 비슷하게 느껴졌다. 왕자님은 내가 집중력을 잃은 것을 알아챘는지 책을 덮고 자리에서 일어나자고 했다. 도서관의 계단을 내려가며 왕자님이 말했다.

"도서관이 봉안당처럼 느껴질 때가 있어요. 죽은 작가들을 책으로 보관하고 있으니까요."

"책이랑 뼛가루는 다르지. 뼛가루는 읽을 수가 없잖아."

"하지만 묘비나 장식을 보면 그 사람에 대해 조금은 보이지 않나요? 아주 조금이지만."

나는 목포의 한 추모 공원에 안치된 할아버지의 유해를 떠올렸다. 화장터에서 나온 할아버지의 유골은 절굿공이와 분골기를 거쳐 고운 골분이 되어 진공 포장 상태로 도자기에 들어갔다. 나는 봉안까지 따라가지 않고 서울로 왔기 때문에 할아버지의 묘가 어떻게 생겼는지 몰랐다. 아버지에게 사진이라도 찍어 뒀는지 여쭤봐야겠다고 생각했다. 내가 대답이 없자 왕자님이 다시 입을 열었다.

"저는 세상이 가라앉기 전까지 최대한 많은 것을 보고 기억하며 가고 싶어요."

지구 최후의 왕자님

"어디로 가게?"

당연히 죽음을 의미하는 말이었겠지만, 나는 다른 얘기를 듣고 싶었다.

"아주 낮은 확률로 선택 받은 사람이 되어 우주 벙커로 갈 수도 있고, 더 낮은 확률로는 독사에게 물려 소행성 B612로 갈 수도 있겠네요."

"후자가 더 낮은 확률인 거, 확실해?"

왕자님은 씩 웃고는 출납대로 가서 미처 읽지 못한 책들을 빌렸다. 한아름 안은 책이 무거워 보여 반절은 내가 들어 주었다.

"집이 어디야?"

"후문 앞에서 자취해요."

"근처니까 데려다줄게."

"감사합니다."

　왕자님은 호칭에 어울리지 않는 구축 빌라 3층 원룸에 살았다. 방에 들어갈 생각까지는 없었는데, 왕자님이 자연스럽게 방 안으로 나를 안내했다. 창문이 반대편 건물에 가로막혀 있어 낮인데도 방 안이 그리 밝지 않았다. 창문으로 조금 새어 들어오는 빛이 벽면을 채운 포스터 일부를 사선으로 비췄다. 침대 프레임 없이 바닥에 놓인 매트리스 위에는 봉제 인형이 한가득이었다. 책상 한편에는 거울과 화장품, 매니큐어 등이 널려 있었다. 그다지 깔끔하게 정돈된 방이라고는 할 수 없었다.

왕자님은 내게서 책을 받아 들고 침대에 앉으라 하고는 화장실로 들어갔다. 그동안 나는 벽에 붙은 포스터를 둘러보았다. 영화 포스터와 그림, 사진이 섞여 있는 것 같았는데 내가 아는 작품은 하나도 없었다.

잠시 후 왕자님이 화장을 말끔히 지우고 렌즈도 뺀 말간 얼굴로 화장실에서 나와 내 옆에 앉았다. 화장을 지우고 렌즈를 뺀다고 왕자님이 예전의 이정원으로 보이지는 않았다. 애초에 이정원이라는 사람은 나에게 별 의미가 없었기 때문에 이정원을 떠올릴 이유도 없었다.

"제게 예전부터 왕자님이었냐고 물으셨죠."

"응."

"어렸을 때는 다들 저한테 왕자님이라고 했어요."

"그거야 어릴 때는 다…."

"엄마가 저를 꾸미는 걸 좋아했거든요. 사진 보여 드릴게요."

왕자님은 스마트폰을 만지작거리더니 사진 한장을 보여주었다. 별로 눈에 띄지 않는 아이들 사이에 누가 봐도 아주 예쁘게 생긴 아이가 레이스가 잔뜩 달린 옷을 입고 티아라까지 쓴 채 새초롬하게 웃고 있었다. 나는 그 아이가 누군지 바로 알아볼 수 있었다.

"너야?"

놀라서 왕자님이라고 부르는 것도 잊어버리고 말았다. 왕자님은 개의치 않았다.

"이러고 유치원에 다녔어요."

"이러고 다녔다고?"

"이때는 인기가 많았죠."

"진짜 이러고 다녔다고?"

웃기기도 하고, 믿기지 않기도 해서 두 번이나 물었다. 왕자님은 살짝 웃으면서 자기 얘기를 이어갔다.

"그런데 제가 초등학교에 들어가면서는 엄마가 갑자기 평범한 옷을 주는 거예요. 실망했죠. 저는 계속 왕자님을 하고 싶었는데. 처음에는 떼만 조금 쓰고 말았던 것 같은데, 나이가 조금 더 들고는 반항심이 생겨서 행동으로 옮겼어요. 4학년 때였나? 부모님이 일어나기도 전에 최대한 예쁘게 꾸미고 학교에 갔어요. 엄마 화장품까지 꺼내서 쓰고요. 그리고 엄마가 왜 제가 초등학교에 입학하면서부터 갑자기 인형 놀이를 그만두기로 했는지 깨달은 거죠."

왕자님은 계속 웃고 있었다. 그 나이대 아이들의 잔인함을 생각하면 왕자님이 학교에서 겪었던 일이 웃으며 회고할 경험은 절대 아닐 것 같았다.

"괴롭힘이 심해서 여러 번 전학을 다녔어요. 중학교 때부터는 그냥 최대한 눈에 띄지 않게 다녔어요. 그런데 꾸미지 않은 상태에서도 예쁘다는 말을 해 주는 사람이 가끔 있더라고요. 그러면 기분이 좋았어요. 엄마는 모를 거예요. 제가 어렸을 때의 경험을 평생 가지고 살게 될 줄은."

"……."

"어쨌든, 저는 아주 예전부터 왕자님이 되고 싶었어요. 이제는 어떻게 살든 아무래도 괜찮은 세상이 온 것 같아서 다시 왕자님으로 돌아가려고 하는 중이에요. 선배가 말한 어린 왕자랑은 별로 상관이 없어요. 하지만 혼자서 소행성 하나를 온전히 소유하는 거랑 몸을 버리고 우주로 갈 수 있는 건 부러워요."

나는 뭐라고 해야 할지 몰라서 발끝만 쳐다보았다. 막상 왕자님이 왜 왕자님인지에 대한 대답을 듣고 나니 너무 많은 것을 알게 된 것 같아 기분이 이상했다. 왕자님의 변화를 그저 흥미로운

기행으로 보고 얄팍한 호기심에 접근한 것 같아 부끄럽기도 했다.

"선배는 이런 시대가 오면 하고 싶었던 일이 있나요?"

나는 잠시 머뭇거렸다. 이미 생각해 본 적이 있던 터라 대답이 어려운 건 아니었다. 다만 그걸 왕자님에게 말하기가 꺼려졌다. 그렇다고 다른 대답을 꾸며 낼 수 있는 것도 아니었다.

"나는, 그냥 지금처럼 살고 싶었어."

"그 또한 멋진 일이네요. 정말로요."

왕자님은 마치 내게 좋은 일이라도 있어 축하 인사를 하는 것처럼 밝게 말했다.

지구 최후의 왕자님

04

다음 날은 본가의 이삿날이었다. 부모님은 태풍으로부터 가장 안전하다고 소문난 경기도 의정부로의 이주를 계획했지만, 의정부의 집값은 이미 폭등해서 부모님이 도저히 감당할 수 없을 정도에 이르렀다. 모두가 종말을 얘기하는 시기에도 집값은 오른다니 신기한 세상이었다.

결국 부모님은 인접한 양주로 거주지를 옮겼다. 포털 사이트를 보니 24호 태풍 기쓰네가 최대 풍속 64m/s로 타이완 가오슝으로 접근 중이라는 기사가 최상단에 있었다. 5월 말까지 무려 20개 이상의 태풍이 발생한 것은 기록적인 일이었다. 왕자님도 태풍 소식을 들었나 싶어 메시지를 보내려다 번호를 교환한 적이 없다는 것을 깨달았다.

금요일 수업이 끝나고 본가로 향하는 버스 안에서 기쓰네가 가오슝과 화롄을 차례로 초토화하고 일본 가고시마를 향해 북상 중이라는 뉴스를 보았다. 비바람에 흩날려 거의 제 역할을 하지 못하고 있는 우비를 입은 기자는 타이완에서 현재 파악된 사망자와 실종자만 500명 이상이라고 전했다.

내가 새 집에 도착하자 부모님이 마치 몇 달 만에 본 것처럼 끌어안고 반겨 주었다. 작고 깔끔한 집이었다. 이사를 오면서 많은 것을 버렸다고 했다. 내 방만은 부모님이 손대지 않은 상태라 정리되지 않은 짐으로 어수선했지만, 굳이 정리를 해야 하나 싶어 생활이 가능한 정도로만 치웠다.

토요일 아침, 잠에서 깨어 거실로 나가니 부모님은 말없이 TV를 보고 있었다. 기쓰네의 예상 진로가 수정되었다. 제주도는 이미 기쓰네의 영향권 안에 있었고, 서귀포에서 최대 풍속이 77m/s로 측정되었다는 속보가 떴다. 이어서 전문가가 등장해 기쓰네가 목포를 통과하여 그대로 서울로 북진할 것이라는 암울한 전망을 전했다.

아버지가 목포의 친척들에게 전화를 돌리는 사이, 어머니는 마트에 장을 보러 갔다. 나는 부지런히 유리창에 테이프와 젖은 신문지를 붙였다. 익숙한 분업이었다. 집에 있는 물병에 수돗물을 채우고 있을 때 어머니가 돌아왔다. 어머니가 물을 뚝뚝 흘리며 들고 온 건 과자 한 보따리가 다였다.

"이것밖에 없었어. 사람들 부지런하네. 집에 라면 있으니까 괜찮을 거야."

어머니가 과자를 거실 테이블에 늘어놓았다. 나는 욕조에 물을 받으면서 왕자님을 생각했다. 왕자님은 서울에 남아 있을까? 나는 왕자님이 어

디 출신인지도 몰랐다. 욕조에 물을 다 채우고서
왕자님에게 메일을 썼다. 나는 양주로 이사를 온
부모님과 함께 주말을 보낼 예정이고, 태풍이 서
울로 올라오고 있다는데 안전하게 잘 있냐는 내용
이었다. 태풍 소식에 나도 모르게 긴장했던 건지,
메일을 보내고 소파에서 깜빡 잠이 들었다. 어머
니가 저녁을 먹으라며 깨웠을 때, 왕자님으로부터
긴 답장이 와 있었다.

Re: 왕자님에게

승주 선배, 안녕하세요.

저는 지금 제 자취방에서 메일을 쓰고 있습니다.
기쓰네가 세력을 유지하며 서울을 관통할 것으로 예
상된다고 하지만, 대피해 봤자 부질없을 거라는 생각

지구 최후의 왕자님

이 들었습니다. 어제만 해도 가고시마로 향하고 있던 기쓰네가 하룻밤 사이에 진로를 바꾸었잖아요. 이런저런 생각으로 무력감에 잠겨 있을 때, 선배에게서 메일이 왔어요. 이 상황을 함께 겪고 있는 사람의 존재를 느끼는 것만으로도 큰 위안이 됩니다. 그때 빌려 온 책은 부지런히 읽었지만, 아직 반도 다 읽지 못했습니다. 선배가 책을 들어 준 덕분에 평소보다 욕심을 부려 너무 많이 빌린 것 같습니다. 그래도 연체되기 전에 끝까지 다 읽어 보려고 합니다.

어제는 고등학교 친구들을 오랜만에 만났습니다. 처음에는 다들 저를 알아보지 못해서 웃겼어요. 하지만 의외로 제 모습에 금방 익숙해진 듯했습니다. 나중에는 모두 이름 대신 왕자님이라고 불러 주었습니다. 술이 조금 들어가자, 누군가가 "너는 그럴 것 같았어."라고 했습니다. 마지막에는 노래방에 가서 새벽까지 놀았는데, 제가 어떻게 노는지 보면 선배는 놀랄 지도 몰라요. 눈이 뻑뻑했는지 술김에 렌즈를 빼서 버리고, 흐린 시야와 정신으로 테이블에 누워서 춤을 추다가 누군가와 키스했습니다. 상대가 누구였는지, 어쩌다 그랬는지는 기억이 안 납니다. 그냥 렌즈를 잃어버려서 다시 안경을 쓰고 다녀야 한다는 것이 속상할 뿐입니다.

주말은 자취방에서 영화를 보면서 보내려고 합니다. 오늘은 기쓰네가 훑고 지나간 대만의 영화를 골랐습니다. 폐관을 앞둔 영화관의 마지막 영업일을 그린 영화였습니다. 마지막까지 영상 기사는 영화를 상영하고, 직원은 빈 상영관을 청소합니다. 누군가는 사랑을 나눌 상대를 찾아 영화관 구석구석을 헤매고, 누군가는 스크린 속 자신이 젊었을 적의 모습을 회고합니다. 영화는 퍼붓는 비를 뚫고 마지막 퇴근을 하는 직원을 비추며 끝납니다. 서울에도 비가 퍼붓고 있습니다. 기쓰네가 지나갈 때까지 비가 계속 내리겠지요.

내일은 기쓰네가 어디를 지나갈까요? 월요일에는

지구 최후의 왕자님

우리가 무사히 강의실에서 만날 수 있을까요? 태풍이 선배가 머무는 곳에 가까워지기 전에 잠잠해지길 바랍니다.

행운을 빌며,

당신의 왕자님이

왕자님이 본 영화가 뭔지 궁금했지만, 어디에도 제목은 쓰여 있지 않았다. 월요일에 만나면 물어봐야겠다고 생각하던 차에 학교에서 공지 메일이 왔다. 월요일에 태풍이 서울을 통과할 가능성이 높으니, 수업은 교수의 재량에 따라 온라인으로 진행되거나 취소될 것이라는 내용이었다. 메일의 말미에는 외출을 삼가고 안전한 곳에 있으라는 당부의 말이 있었다.

자기 전에 마지막으로 뉴스를 확인했을 때 기쓰네는 서해안을 따라 정직하게 서울로 직진하고 있었다. 화면은 거의 완파된 서귀포시의 모습을 비추며 각 지방의 사상자 수를 오른쪽 위에 작게 띄웠다. 아버지는 목포의 친척 중 연락이 되지 않는 사람들이 있다며 걱정했다. 왕자님의 답장을 받고 잠시나마 들떴던 기분이 다시 가라앉았다. 나는 종교도 없는 주제에 태풍이 지나가는 길에 놓인 사람들을 위해 기도하는 심정으로 잠이 들었다.

귀를 찢는 비바람 소리에 눈을 떴을 때는 아직 오전 4시였다. 거실로 나가니 부모님이 뻘건 눈으로 TV 앞에 앉아 있었다. 나는 부리나케 다시 유리창에 붙은 신문지마다 물을 뿌렸다.

기쓰네는 수원과 안양을 차례로 박살 내고 서

울에 폭우를 쏟아붓는 중이었다. 범람한 흙탕물에 차들이 떠내려가고, 간판이 떨어져 종잇장처럼 힘없이 날아다니는 제보 영상이 송출되었다.

'수원 시내버스, 급류에 휩쓸려 탑승자 전원 사망'

'용인 30대 여성, 간판에 맞아 사망'

'안양 70대 남성, 깨진 유리창 파편으로 인한 중태'

이런 식으로 뭉뚱그리던 뉴스는 기쓰네가 수도권으로 접근하자 제법 구체적으로 바뀌었다.

아직 이른 시간이었지만 친구들에게 안부를 묻는 메시지를 보냈다. 대부분 깨어 있었는지 금방

답이 왔다. 이어서 왕자님에게 메일을 쓰고 있을 때 갑자기 어머니가 TV를 껐다. 아버지가 당황한 낯으로 물었다.

"뭐 하는 거야?"

"계속 봐서 뭐 하겠어. 알기 싫어도 다 알게 될 텐데."

"태풍이 여기로 오는지 봐야지."

"우리가 할 수 있는 건 다 했고, 여기서 더 할 수 있는 건 기도 아니면 술뿐이야."

아버지는 대답하지 않았다. 어머니는 부엌 찬장에서 위스키를 한 병 꺼냈다. 집에 먹을 거라곤 라면이랑 과자뿐인데 위스키는 많이도 있었다. 위스키도 열량이 상당하니 나쁘지 않은 비상식량이라는 생각이 들었다. 어머니는 얼음을 채운 머그잔과 위스키를 가지고 돌아왔다.

"자기 보고 싶은 거 있어?"

"드라마나 볼까?"

"VOD 안 된다. 태풍 때문에 안 되나 보다. 승주야, DVD 아무거나 가져와 봐. 어디 있더라?"

"서재 책장에 있어. 너 보고 싶은 거 가져와."

나는 서재로 가서 스트리밍에 밀려 과거의 문물이 된 DVD를 대충 훑어보았다. 도서관이 봉안당처럼 느껴질 때가 있다는 왕자님의 말이 떠올랐다. 죽어가는 매체가 줄지어 서 있는 이 책장도 봉안당인가. 나는 어렸을 때 수십 번은 돌려 본 애니메이션을 꺼내 가져갔다.

우리는 마법에 걸린 빗자루들이 집을 물바다로 만드는 애니메이션을 틀어 놓고 어머니가 사 온 과자를 안주 삼아 위스키를 마셨다. 최대한 가볍고 싱거운 얘기만 하다가 위스키 한 병을 다 비우고 누가 먼저랄 것도 없이 그대로 소파에서 잠이 들었다.

나는 오후 5시가 돼서야 일어났다. 부모님은 다시 뉴스를 보고 계셨다. 기쓰네는 서울에 1시간 최대 강수량 169mm라는 기록적인 폭우를 뿌리고 약해진 기세로 양주를 스쳐 그대로 북한으로 전진하고 있었다. 서울 곳곳이 물에 잠겨 사람들이 떠내려가고 유리창이 산산이 부서지며, 나무가 뿌리째 뽑혀 날아가는 자료화면이 이어졌다.

왕자님에게선 어제와 달리 짤막한 답장이 왔다. 서울에서 많은 일이 있었으나, 자기는 지금 무사하니 걱정하지 말라는 내용이었다. 그 외에도 학교와 교수들에게서 온 메일이 몇 통 있었다. 학교 공지 메일을 먼저 열었다. 산사태로 캠퍼스의 상당 부분이 파괴되어 남은 일주일간의 강의와 기말고사는 온라인으로 대체될 것이라고 했다. 더불어 태풍에도 불구하고 연구에 매진하느라 실험실로 출근했다가 산사태로 사망했다는 대학원생 아무개에 대한 애도를 함께 전했다.

〈지속가능성의 이해〉 교수는 월요일 원래 수업하던 시간에 마지막으로 온라인 수업을 할 예정이라며 초대 링크를 보냈다. 과연 몇 명이나 수업에 참여할까 싶었지만, 그래도 왕자님은 수업에 들어올 것이라고 믿었다. 나와 왕자님 말고는 아무도 접속하지 않아서 결국 교수와 나, 그리고 왕자님

셋이 오붓하게 화상통화를 할 광경을 상상하니 조
금 우습기도 했다.

05

월요일 아침에는 비가 더 이상 오지 않았다. 기쓰네는 북한에서 온대저기압이 되며 소멸했다. TV에서는 필리핀 인근 해상에서 25호 태풍이 발생했다는 뉴스가 나오고 있었지만, 우리 가족은 일단 기쓰네를 무사히 넘긴 것을 축하하기로 했다.

유리창에 붙은 신문지를 떼어내고, 젖은 흙냄새가 가득한 마을을 산책하고는 식료품이 다시 채워진 마트에 들러 먹을 것을 잔뜩 사 왔다. 흠 없는 과일과 야채 같은 것은 마트에서 볼 수 없게 된 지 오래였다. 우리는 벌레 먹고 멍이 든 사과를 소중하게 깎아 먹었다.

나는 〈지속가능성의 이해〉 수업이 시작하기 한참 전부터 강의실에 미리 접속해 있었다. 학생들이 하나둘 접속하더니 내가 예상했던 것보다 훨씬 많은 학생이 참석했다. 누군가가 채팅창에서 말을 걸었다.

○ ○ ○   − ⬜ ×

○○○: 다들 괜찮으세요?

학생들은 기다렸다는 듯이 자기가 겪은 일들을 토해 냈다.

구 전체가 정전되는 바람에 세상과 단절되어 공포에 떨었던 일,

상습 침수 지역에 살아서 가족들과 비를 흠뻑 맞으며 대피해야 했던 일,

거실 유리창이 깨지는 바람에 기쓰네가 지나갈

지구 최후의 왕자님

때까지 방에서 두꺼운 이불을 뒤집어쓰고 버텼던
일….

> … 이 상황을 함께 겪고 있는 사람의 존재를 느끼
> 는 것만으로도 큰 위안이 됩니다. …

왕자님이 보낸 메일의 한 대목이 떠올랐다. 나
는 계속 왕자님을 기다렸다. 왕자님은 강의가 시
작하기 직전이 되어서야 접속했다. 왕자님의 화면
아래 작게 이정원이라는 이름이 보였다. 평소보다
많이 피곤해 보이는 왕자님은 새 렌즈를 구하지
못했는지 다시 두꺼운 뿔테 안경을 끼고 있었다.
나는 왕자님의 화면이 상단에 보이게 고정해 두었
다.

마지막 강의는 끝까지 인류와 지구의 지속 가능한 공생을 믿고 싶었던 교수의 살풀이에 가까웠다. 나는 교수가 오래전 소멸한 종교의 선지자 같다고 생각했다. 왕자님은 교수의 말에 집중하는 듯 가만히 화면을 보고 있었다.

　　"〈지속가능성의 이해〉도 이번 학기가 마지막이 될 겁니다. 오늘 전원이 출석하지는 못했는데, 오지 못한 학생들도 부디 어딘가에서 안전하길 바라면서 수업을 마칩니다. 여러분의 앞날에 행운만이 가득하길 빕니다."

　　강의가 끝나고 학생들이 손뼉을 쳤다. 나는 교수의 마지막 말을 곱씹었다. 교수는 이제 지속 가능한 미래를 믿지 않는 걸까? 앞으로 우리가 바랄 수 있는 건 행운뿐일까?

그때 화면 상단에서 시선이 느껴졌다. 왕자님이 카메라를 똑바로 보고 있었다. 왕자님은 활짝 웃으면서 카메라에 대고 손을 흔들었다. 나에게 인사한 것이라는 확신이 들었다. 내가 화면 속 왕자님을 보고 손을 따라 흔들자, 왕자님은 여전히 웃는 얼굴로 고개를 끄덕이고는 강의실을 나갔다. 카메라를 보고 인사해야 했나 하는 후회가 뒤늦게 들었다. 강의를 끄고 보니 왕자님으로부터 메일이 하나 도착해 있었다. 내용을 미리 써 두고 강의가 끝난 후 바로 전송한 듯했다.

승주 선배에게

안녕하세요. 이정원입니다.

오늘은 그냥 이름을 쓰고 싶었어요. 이런 세상이 아니었다면 제가 왕자님으로 불러 달라고 할 일도 없었을 거고, 선배도 저를 정원이라고 불렀을지도 모르죠. 그동안 저의 왕자님 놀이를 함께 해줘서 고마웠어요. <지속가능성의 이해>도 종강을 했고, 이제 곧 여름방학이네요. 선배는 졸업 논문을 써야 하니 아직 바쁜 일이 많이 남아 있겠지만요. 끝까지 응원할게요.

제가 보내는 메일은 이것이 마지막이 될 겁니다. 답장하지 않으셔도 돼요. <어린 왕자> 얘기를 했었지요. 진부한 말이지만, 선배가 4시에 온다고 하면 저는 3시부터 행복해지기 시작할 거예요. 하지만 우리는 선배가 4시에 온다고 확신할 수 없는 세상에 살고 있습니다. 저는 선배가 언제까지고 가족들과 행복하게 지낸다고만 생각하고 싶습니다. 선배도 제가 늘 잘 지낸다고 생각해 주세요. 수업 때의 안경 쓴 모습은 별로 안 예쁘니까 잊어 주시고요. 어쩌면 제 모든 말이 그저 기우일 수도 있겠습니다. 그러면 다음 학기에 학교에서 우연히 만나요. 연락하겠다는 말은 하지 않기로 해요.

태풍 노카엔이 북상 중이라고 합니다. 선배와 가족들의

지구 최후의 왕자님

무탈을 기원합니다. 우리의 앞날에 행운만 있을 수는 없겠지만, 어딘가에는 늘 선배의 행복을 바라는 사람이 있다는 걸 기억해 주세요.

당신의 왕자님, 이정원

나는 왕자님의 메일을 반복해서 읽었다. 몇몇 구절은 입안에서 소리 없이 굴려 보기도 하고, 꼭꼭 씹어 삼키듯 또렷하게 읽어 보기도 했다. 그러고는 왕자님이 처음으로 보냈던 메일을 열었다. 이제는 물어볼 수 없는 영화의 제목을 알기 위해 메일에 적힌 키워드 몇 개를 검색했고, 영화를 볼 수 있는 플랫폼을 찾아냈다.

영화는 도입부에서 관객으로 가득한 전성기의

영화관을 보여 주다가, 갑자기 시간을 뛰어넘어 폐관 직전의 텅 빈 영화관으로 나를 던져 놓았다. 이후 몇십 분이 지나도록 등장인물들은 영화관의 유령처럼 각자 배회할 뿐 아무 말도 하지 않았다. 희미한 빛이 사선으로 드는 방에서 뿔테 안경을 낀 맨얼굴로 혼자 이 영화를 봤을 왕자님을 생각했다. 적막하고 외로웠다.

답장이 오지 않을 메일을 쓰기 위해 영화를 멈췄다. 나도 네가 늘 행복하기를 간절히 바란다는 말을 전해야만 했다. 우리가 가라앉는 그날까지. 만약 우리에게 행운이 따른다면, 그 이후까지도.

지구 최후의 왕자님

"선배는 이런 시대가 오면 하고 싶었던 일이 있나요?"

.

.

.

"나는, 그냥 지금처럼 살고 싶었어."

"그 또한 멋진 일이네요. 정말로요."

지구 최후의 왕자님

1판 1쇄 발행 2025년 06월 16일

지은이 정다은

교정 황윤　**편집** 김해진　**마케팅·지원** 이창민

펴낸곳 하움출판사　**펴낸이** 문현광
이메일 haum1000@naver.com　**홈페이지** haum.kr

블로그 blog.naver.com/haum1000　**인스타** @haum1007

ISBN 979-11-7374-095-4 (03810)

좋은 책을 만들겠습니다.
하움출판사는 독자 여러분의 의견에 항상 귀 기울이고 있습니다.
파본은 구입처에서 교환해 드립니다.